A PIECE OF ADVICE

AGARE KASSAHUN

Copyright © 2021 Agare Kassahun.

All rights reserved. No part of this book may be reproduced in any form or by any electronic or mechanical means, including information storage and retrieval systems, without permission in writing from the publisher, except by reviewers, who may quote brief passages in a review.

ISBN: 978-1-63795-701-1   (Paperback Edition)
ISBN: 978-1-63795-702-8   (Hardcover Edition)
ISBN: 978-1-63795-700-4   (E-book Edition)

Some characters and events in this book are fictitious. Any similarity to real persons, living or dead, is coincidental and not intended by the author.

Book Ordering Information

Phone Number: 315 288-7939 ext. 1000 or 347-901-4920
Email: info@globalsummithouse.com
Global Summit House
www.globalsummithouse.com

Printed in the United States of America

CONTENTS

A piece of Advice 1
Sunny Sunday 4
Marvelous Monday 5
Terrific Tuesday 6
Wonderful Wednesday 7
Pretty Thursday 8
Fantabulous Friday (Fantastic and Marvelous) 9
Splendid Saturday 10

Quelques conseils aussi bien pour les femmes que pour
les hommes pour vivre agréablement 13
Dimanche Ensoleillé 16
Un formidable Lundi 17
Superbe Mardi 18
Mercredi Merveilleux 19
Joli Jeudi 20
Vendredi fantastique 21
Splendide Samedi 22

A PIECE OF ADVICE

150 years ago there lived a strong woman called Yequaque Wordwot, who defied all rules underestimating women. She was a warrior, a progressive born before her time. She didn't break or bend for her father, brothers or husbands. She broke all unfair, discriminatory cultural and traditional roles; divorcing her first husband because he wanted to marry a second one. She wouldn't have it. She simply said no. It's either me only or divorce. During a time, when women didn't even think of entertaining divorce, she firmly challenged the traditional marriage system. She even negotiated her financial security. Never settling for less, she divorced and married a handsome "Jegena" of her own choice.

The other two strong women I knew personally were my maternal great grandmother and paternal grandmother. Both of them had similar personalities. They were warriors, progressive women. They both were excellent traders and negotiators in the 1920s. In those times when women's roles were only to be a loyal wife, they outlawed the cultural pressure and reinvented themselves into strong-headed women. They created their own Kingdoms. All familial decisions were made by these two strong women, for anyone, be it for their children, nephews or nieces, neighbors or friends. They were rich women, who played by their own rules: Hard work, wealth and respect. Both were married to brave men of their choice

I am grateful I am the progeny of these two women because I learned a few tricks from them. Even if some are old thoughts I slightly turned them around to fit my 21st century role. I am sharing below pieces of advice which may be helpful to ease everyday life and bring rainbows into our already designed path.

The first and most important one. **Life is you. It is all about you**. Start with yourself, yes, the woman in you. The most amazing person in life is you. Not your parents, nor your husband or boyfriend, not your children, not your friends or family or people around you. It has nothing to do with being selfish. It's about loving yourself. Love yourself every single moment. Tell yourself how much you love you. When you love yourself, you start loving life and others. It's easy, look into the mirror each morning and repeat "I love you."

Be kind to yourself: gentle to your body and calm your mind. Give your body and mind the best. Your body is your friend; it will never let you down. It will always be there to protect you, so give it the best. Your mind is your partner, it will be there with positive and negative thoughts. Accept them both and let go of the negative feelings that are holding you back from living the life you truly want. Don't panic, it's fine to have them both. Let them flow. Make sure you show one kindness per day for your body and mind. It could be anything, for example, drinking ginger every night, exercising or doing yoga, or praying or even day-dreaming.

Smile, Laugh and Believe. Have your own unique guidelines. Only you know yourself, whatever works for others is good for them, don't try to copy them if your instinct doesn't allow. We are all on different paths, so the improvement you may need to make won't be the same as the others. Follow your heart and instincts.

Laugh a lot, turn every situation you encounter into a funny simple life experience and laugh about them. See the humor in it. Humor and laughter are great ways to truly live a quiet life. See the funny side of it, because there is always a funny side in every story. Laugh, laugh and laugh.

This moment is the only moment you have any control over. No buts! The world is not a scary place to be, we are safe. Enjoy and Trust Life deeply. There is always a solution to any situation. Write what kind of life you want to live. Write the paths you desire to take. Then you can see clearly. Live in the moment, let go of the negative thoughts and misfortunes. Change "I can't" to "I can".

SUNNY SUNDAY

It's a Sunny Sunday. Enjoy it to the fullest. Rest, pamper yourself, you deserve all the best things in Life. Take a few hours just for yourself, go for a massage or swim, to the movies or even hiking or sit daydreaming in your house. It's fine to day-dream, don't feel guilty about it. Drive outside the city or take the bus to a nearby city. You are a magnificent woman, sunny as the day, you deserve to have a few hours for yourself to embrace your inner self. You have all the time in the world, don't pressure yourself with the hours. Time will not go anywhere; it is always there for you. Stop and enjoy each moment. See the beauty in yourself, around you, the beauty that life has given us. Look around, you can see flowers everywhere, even the noise of the traffic can be amusing and you can change it into rhythm, you can see funny people walking. Go out on a date with the VIP, the most important person: YOU. **You are sunshine**.

MARVELOUS MONDAY

Fully energized to face the day. Don't think it's the start of the week, it's another day, another time. A beautiful day to embrace your beauty. Take it one step at a time, don't analyze or get nervous. Breathe deeply and take small steps, it's going to take you very far. Sit at the table in every situation not at the back. You are a strong woman; you can do it. Don't underestimate or doubt yourself. You have all the power in you. Do embrace your feminine side and proudly walk with it, your head up**. Act like an Adult**, don't let your immature side guide you.

TERRIFIC TUESDAY

Yes, believe, believe and believe. It's another terrific day. You are the Divine Woman, the most amazing and unique creature. You could achieve anything, look into yourself and see your strength.

You could see how beautiful and powerful you are. Take small but firm decisions for every problem thrown at your face. And believe that there is always a solution for each problem. You can achieve it. You can do it. **Be honest with yourself.**

WONDERFUL WEDNESDAY

Breathe, breathe deeply. Inhale slowly and then exhale. Breathe all the air around you and puff them out. It's a beautiful day. All is good around you, you are safe. All the Gods are working for you. Each and every way you go, you are greeted with love and serenity. Send your love wherever your feet take you. **Trust your feet**, they won't let you down and take you anywhere not safe.

PRETTY THURSDAY

Don't focus on your misfortunes. Whatever needs to happen will happen eventually at the proper time, but until then don't worry about it. Redirect your focus on what you already have. Praise and celebrate everything in your life. Tell your husband, boyfriend, children and parents and friends how much you love them. Appreciate and thank your colleagues, your supervisors, your teammates, your neighbors, the traffic warden who just gave you a ticket, the butcher who increased the price, the taxi driver who insulted you ,etc… Thank them all and send them love. You will see the difference, it's easy. **Be grateful to Life**.

FANTABULOUS FRIDAY (FANTASTIC AND MARVELOUS)

Have financial security, however small it is, it's your own. Every woman needs her own money. Don't wait for a man to save you neither financially nor emotionally; it's not proper or attractive. We think we need to be saved by them but no! Even my great grandmother had her own money and strength. We don't need to be saved by men: fathers, husbands or brothers. Money is not evil. It's good to have, not some but all. There are always ways to gain money once you change your mind set about deserving money. Yes, you deserve to be **Financially Secure**.

SPLENDID SATURDAY

Trust the Universe. Trust Life. Always believe that life will never let you down, that life will always be there for you. Life never works against you. Rely fully on Life, ask for the highest good, it will be given to you. Have your own spiritual path. It could be Prayer or meditation, whatever works for you. If your prayer is not answered immediately then Life is taking a detour, which is a good sign. If you are in a hurry with your request then ask for a sign, it will wink at you. But pay attention to the signs. Having Faith is a strength, have a **daily spiritual practices**.

QUELQUES CONSEILS AUSSI BIEN POUR LES FEMMES QUE POUR LES HOMMES POUR VIVRE AGRÉABLEMENT

Yequaque Wordwot était une femme qui a vécu 150 ans. Une femme puissante ; courageuse ; émancipée ; s'opposant à toutes les règles sous estimant les femmes. Elle ne cédait devant aucun homme, que ce soit son père, ses frères ou ses maris. Elle s'opposait aux règles traditionnelles et discriminatoires. A une époque, où une femme n'envisage même pas le divorce, Yequaque avait divorcée de son premier mari et remariée à son deuxième époux. Elle a changé le système traditionnel du mariage avec fermeté en s'opposant à une longue tradition oppressante. Elle a même pu négocier sa sécurité financière et s'est remariée avec un beau « Jegena » de son choix.

Personnellement, je connaissais deux femmes puissantes et vigoureuses : mon arrière grand-mère maternelle et ma grand-mère paternelle. Elles étaient courageuses. Toutes les deux étaient des admirables commerçantes dans les années 1920s. A l'époque où une femme n'avait aucun choix que d'être femme au foyer, elles se sont débarrassées des lois culturelles suffocantes et réinventées leur propre loi et sont devenues des femmes fortes. Elles ont créé leurs propres royaumes ; unissant leurs familles. C'était des femmes honorables qui savaient prendre des décisions familiales. Elles étaient riches et leur loi était : travail, respect et fortune. Bien évidemment toutes les deux étaient mariées à des hommes vaillants.

Je suis heureuse de faire partie de leur descendance car j'ai appris quelques avis d'elles. Même si certaines pensées sont vaines ; je les ai changées pour pouvoir les intégrer dans la vie du 21e siècle. Vous trouverez ci-dessous des idées qui pourrons nous aider à vivre pleinement et agréablement chaque jour.

Le premier et important conseil : La vie c'est toi. Tout commence par soi-même. La personne la plus importante dans la vie c'est toi, non pas les parents, ni les maris ou amis, ni les enfants. Ce n'est pas égoïste de s'aimer soi-même. Donne-toi de l'amour tout le temps et tous les jours. Dis-toi combien tu t'aimes. Quand tu commences à t'aimer tu auras assez d'amour pour les autres et la vie. C'est simple. Regarde-toi dans le miroir chaque matin et répète, « Je t'aime. »

Le deuxième : Sois doux avec toi-même, tendre avec ton corps, calme dans ton âme. Donne le meilleur pour ton corps et âme. Ton corps est ton ami, il sera toujours là pour te protéger, donne-lui une relation exquise. Ton âme est ton partenaire, il sera là avec des pensées positives ou négatives. Accepte les deux et laisse tomber les sentiments négatifs qui te retiennent de vivre ta véritable vie calmement. Ne panique pas, c'est pas grave d'avoir les deux pensées. Regarde les passer. Donne une gentillesse à ton corps et âme chaque jour. Bois du thé au gingembre chaque soir, fait du yoga ou sport, prie ou rêvasse.

Le troisième conseil : Sourire, rire et croire en la Vie. Aies ta propre et unique règle de vie. On se reconnait soi-même, on apprécie nos pensées : chacun a son propre raisonnement qui fonctionne pour soi-même. Chacun a son propre chemin à prendre, les changements qu'on fait ne doivent pas être ceux des autres. Poursuis ton cœur et ton instinct.

Rire est la meilleure façon pour changer une situation en une simple expérience humoristique. Humour et rire sont les plus belles allures de vivre une vie simple and calme. Il y a toujours une histoire joyeuse dans chaque vie. Rire, rire et rire.

Le seul moment important est celui que tu as maintenant dont tu as la capacité de vivre ; Le Présent. Le monde est serein. Il est beau. N'aies pas peur de vivre. On est toujours en sérénité avec la vie. Aies confiance en la vie et amuse-toi à fond. Il y a toujours une solution pour toutes les situations. Ecris ta vie, comment tu veux la vivre. Ecris ton chemin, celui que tu veux prendre. Là, tu vas voir clairement. Vie dans le moment présent, détache-toi des idées négatives et des mauvais souvenirs du passé. Change « Je ne peux pas » à « Je peux ».

DIMANCHE ENSOLEILLÉ

Un dimanche ensoleillé. Amuse-toi bien. Repose-toi, occupe-toi de toi-même car tu mérites toutes les belles choses que la vie peut offrir. Prend quelques heures pour toi-même, prend un massage, va nager ou au théâtre, ou va marcher dans la forêt ou même rêver dans ta chaise. C'est permis de rêver, ne te gêne pas. Tu peux conduire en dehors de la ville ou visiter une ville en bus. Tu es une personne magnifique, ensoleillée comme la journée, tu mérites d'avoir quelques heures pour toi-même pour que tu puisses connecter avec toi-même. Tu as tout le temps, pas de pression avec le temps. Le temps sera toujours là pour toi. Regarde la beauté en toi, autour de toi. La beauté que la vie nous a donné. Regarde la beauté des fleurs, le bruit des voitures, les pas des passants. Aie une relation avec le VIP en toi, la personne la plus importante : TOI. Tu es Soleil.

UN FORMIDABLE LUNDI

Energétique pour faire face à la journée. Ne te dit pas que c'est le premier jour de la semaine, mais un autre jour comme les autres. Une journée pour apprécier la beauté. Chaque pas en son temps. Pas de panique. Souffle doucement et prends de petits pas qui vont te prendre bien plus loin. Assieds-toi toujours à la table dans n'importe quelle situation pas en arrière. Tu es une personne forte, tu peux le faire. Ne doute jamais de toi-même. Tu as tout le pouvoir en toi. Reconnais ta féminité en toi et marche la tête haute. Tu es une Adulte, ne laisse pas ton côté immature te guider.

SUPERBE MARDI

Oui, croit en toi. C'est un autre jour superbe. Tu es une personne divine, une créature unique et magnifique. Tu peux faire des miracles, regarde en toi-même et reconnait ta vitalité.

MERCREDI MERVEILLEUX

Respire, respire à fond. Respire doucement. Respire tout l'air frais. C'est une belle journée. Tout est calme autour de toi. Tu es en sécurité dans ce monde. Tous les Dieux manigancent pour toi. On t'accueille avec amour et sérénité où que tu vas. Envois ton amour d'abord là où tes pas te prennent. Fais confiance à tes pieds, ils ne vont jamais te lâcher et te prendront partout en toute sécurité.

JOLI JEUDI

Ne te concentre pas sur tes malheurs. Ce qui doit arriver arrivera en son temps, mais jusqu'à cet instant n'accumule pas de mauvaises idées. Laisse faire la vie. Redirige tes efforts sur ce que tu as maintenant. Célèbre ce que tu as déjà dans la vie. Dis à tes parents, tes enfants et ton mari/femme ou amis combien tu les aimes. Apprécie et remercie tes collègues, tes superviseurs, tes voisins, le policier qui vient de te donner un ticket, le boucher qui a augmenté les prix, le chauffeur de taxi qui t'a insulté, etc. Remercie les et envoie leur ton amour. Tu vas voir la différence et c'est simple. Aie la grâce pour la vie.

VENDREDI FANTASTIQUE

Aie une sécurité financière, même si elle est petite mais c'est à toi. Chaque personne pourrait avoir son propre revenu, son propre argent. N'attends pas d'être sauvé par qui que ce soit financièrement ni émotionnellement. On croit toujours qu'on doit être sauvé par quelqu'un surtout par les hommes : nos pères, nos frères ou nos maris. Non. Même mes grands-mères ont eu leur propre richesse. L'argent est propre. C'est bien d'acquérir des fortunes. Il y a toujours des façons simples et élégantes de gagner de l'argent quand nous changons notre façon de penser. Oui tu mérites d'être financièrement saine.

SPLENDIDE SAMEDI

Aie confiance en l'univers. Fait confiance à la Vie. La Vie est belle. La Vie sera toujours là pour toi. La Vie n'est pas contre toi. Repose-toi sur Elle, et demande pour les meilleures choses, elles te seront données. Aie ton propre chemin spirituel. Une prière ou méditation, ce qui marche pour toi. Si tes prières ne sont pas réalisées immédiatement, il se peut que la Vie soit en train de prendre un détour. C'est un bon signe. Mais si tu es pressé par tes requêtes, demande donc un signe, tu recevras un clin d'œil. Mais regarde bien, avec attention aux signes. Avoir une foi est une force immense, donc aie une pratique spirituelle quotidienne.

እጥር ምጥን ያለ ምክር ለውብ ኑሮ ይድርስ ለሁላችሁ።

የዛሬ 150 ዓመት ትኖር የነበርች የቄቄ ወርድዋት የምትባል ብርቱ ሴት ነበርች። ምንም ዓይነት ባህላዊ ህግ ሳይገዛት በርስዋ ህግ ብቻ ተዳድራ የኖረች ውብ ሰው ነች። የመጀመሪያ ባልዋ ሁለተኛ ሚስት ካላገባሁ ሲል አይቻልም ብላ ፍች የጠየቀች ጠንካራ ሴት ነበርች። በዚያን ጊዜ ሴቶች እንኪን ለመፋታት በማያስቡበት ዘመን ይቻላል ብላ ባህል ያውጣውን ህግ ተፈታትና አሸናፊ ሆናለች ። ስትፋታም ደርሻዋን ተካፍላ ነው የወጣችው። ከዚያም የምርጫዋን መልክ መልካም ባል አገባች ።

ሌላ በግሌ የማውቃቸው ሁለት ጠንካራ ሴቶች አያቶቼ ናቸው። ቅድመአያቴ እና አያቴ ናቸው። ሁለቱም በጣም ብርቱ፣ ሀብታም እና የታወቁ እሳት የለሱ ነጋዴዎች ነበሩ። ሴት ልጅ ለትዳር ብቻ በምትሰብበት ዘመን አይሆንም ብለውም የራሳቸውን ሥራ ሰርተው ይገቡ ነበር። ቤት እያስተዳድሩ፣ ዘመድ አዝማድ እያቁቁሙ፣ የራሳቸውን ግዛት ዘርግተው ኑሮን አጣጥመው ይኖሩ ነበር። ምንም ዓይነት ውሳኔ የሚወስኑ ሴቶችም ነበሩ። ማንም እንርሱን ሳያማክር ውሳኔ አይወስድም ነበር። የእነዚህ ተምሳሌት የሆኑ ሴቶች ምክር ሶስት ነው፤ ጠንክሮ መሥራት፣ ሀብት ማካበት እና ክብረት። ሁለቱም ሴቶች በጣም ቸር የሆኑ ባሎች ነብርቸው። እንዲሁም ከእነዚህ ጠንካራ ሴቶች መሀል ተወልዱኟ፣ ምርጧና ድንቅ ምክሮችን አውርሰውኛል። በመሆኑም ለእኛ በ21ኛው ክፍል ዘመን ላለነው ወጣት ሴቶች እና ወንዶች ተሞክሮ እንዲሆን በማሰብ ለእናንት አቅርቤዋለሁ።

አጋር ካሳሁን

ሕይወት የሚጀምረው ከራሳችን ነው። ማንነታችን የሁሉ ነገር መነሻ ነው። ምርጦ ፍጥረታት፣ ሴቶች፣ ወንዶች፣ ልጆች ናችሁ። አባት፣ ባል፣ ወንድም፣ ወላጅ፣ ልጅ ሁሉም ከእንተ በኋላ ነው የሚመጡት። በውስጣችሁ ያለውን ጥንካሬ ማመን ብቻ ነው ሚስጢሩ። ውስጣችሁ ያለውን ስሜት መውደድ፣ መስማት እና መቀበል። መስታወት እያየን ምን ያህል ራሳችንን እንድምንወድ አስተውሉ። ጨንቅላታችሁን እችላለሁኝ በሉት። ቀላል ነው። ደግማችሁ ንግሩት። እንደገና ድግሙት። የውስጣችን ነፀብራቅ ይታየናል። ለራስችሁ የዋህነ ገር ሁኑ፣ ለሰውነታችሁና ለአእምሮችሁ ሰላም ስጡት፣ ሰውነት ጋደኛ ነውና እጅግ ጥሩ ዝምድና ፍጠሩለት። አእምሮ ደግሞ አጋር ነውና አውንታዊ ሀሳብ አሳብቱት።

አውንታዊ አሉታዊም ሀሳቦች በአእምሮ ሊመላለሱ ይችላሉ፣ ነገር ግን ጥሩውን ወስደን መጥፎውን መተው መቻል አለብን። ጥሩ ሰላማዊ ኑሮ ለመኖር በቀን አንድ ነገር ለሰውነት እና ለአእምሮ መስጠት አለብን፣ ለምሳሌ የዘንጅብል ሻይ መጠጣት ወይም ቀላል እንቅስቃሴ ማድረግ፣ ፀሎት ደግሞ ፍጹም መድህኒት ናቸው።

ሳቅና ፈገግታ የደስታ ምንጭ ናቸው። ብዙ ሳቁ፣ ፈገግታ ከፈታችሁ አይለይ፣ የራሳችሁ የሆነ ልዩ የሕይወት መመሪያ ይኑራችሁ፣ ውስጣችሁን የምታውቁት እናንተ ብቻ ናችሁ። ለሌላው የሚሰራው መመሪያ ለእናንተ ላይጠቅም ይችላል፣ ሁላችንም የተለያየ መንገድ ላይ ነንና፣ ስለዚህ የሌላው ማሻሻያዎች ለእናንተ ላይሆኑ ስለሚችሉ ልባችሁን ተከተሉ።

የሚገጥማችሁን ሁኔታ ሁሉ ወደ ቀላልና አስቀኝ የሕይወት ተመክሮ ለውጡት። ምንም ሁኔታ በኖረበት በአለበት አይቀጥልም። በማንኛውም ሁኔታ አስቂኝ ነገር አይጠፉም። አሁን ያላችሁበትን ጊዜ ብቻ ነው መቆጣጠር የምትችሉት።

ግን የሚባል ነገር አያስፈልግም። አለም እኮ በጣም ደስ የምትል ናት፣ የምታስፈራ አይደለችም። እመንዋት ለሁሉ ሁኔታ መፍትሔ አላት። ምን ዓይነት ሕይወት መኖር እንደምትፈልጉ ፃፉት፣ የት መድረስ እንድምትመኙ አስቡት፣ ሁሉ ነገር ግልፅ ብሎ ይታያችኋል። ዘዴን በሚገባ ኑሩ ነገን ትደርሱበታላሁ ትናንት **አልፏልና**። ወደኋላ የሚያስቀር የሚገትትን ሀሳብ ሁሉ ተላቀቁት። አይቻልምን ወደ ይቻላል ለውጡት።

26

ፀሐይማ እሁድ።

ሕይወት የምትሰጠው ጥሩ ነገር ሁሉ ይገባችኋል። የእናንተ ፀሐያማ እሁድ ነው። ለራሳችሁ የተወሰነ ሰዓት ስጡት። ማድረግ የምትፈልጉትን አድርጉ፤ ሽርሽር መሄድ፣ ቁጭ ማለት፣ ሕልም ማለም ከቤት ወጥቶ ዞር ዞር ማለት። ድንቅ ፍጥረት ናችሁ፤ ምንም ሊያግዳችሁ አይችልም፤ እንደ ፀሐይ የበራችሁ። ውስጣችሁ ያለውን ስሜት ለመስማት የተወሰነ የግል ሰዓት ያስፈልጋል። ጊዜ ቆሞ አይጠብቅም። ቆም ብላችሁ ውበትን ማድነቂያ ጊዜ ይኑራችሁ። ውስጣችሁ ውብ ነው፤ የአካባቢያችሁን ውበት እዩት፤ የአበቦችን ውበት ተምልከቱ፤ ዙሪያችሁ ውበት ነው። የመንገዱ ድምጽ በራሱ አስደሳች ነገር አለው። ውስጣችሁ ካለው ወሳኝ ሰው ጋር ሁኑ፤ ራሳችሁን። እናንተ ለራሳችሁ የፀሐይ ብርሃን ናችሁ።

አስደናቂ ሰዎ

የሳምንቱ የመጀመሪያ ቀን ብቻ ሳይሆን ሌላ ቀን ነው። ውበትን በእቅፍ ተቀበሉት። ሁሉ ነገር ደረጃ በደረጃ፣ ከጊዜ ጋር ይከናወናል። በደንብ ተንፍሱ፣ በጣም ቅምጥል ሰዎች ናችሁ። ውስጣችሁ ያለው ጥንካሬ አስገራሚ ነው። ማንነታችሁን በፍቅር ተቀበሉት፣ ሴትነትን በኩራት፣ ወንድነትን በፀጋ። ሁላችሁም አዋቂ ሰዎች ናችሁ።

ልዩ ማክሰኞ

ልዩ ሌላ ቀን፤ ማመን ብቻ ነው፤ ማመን፤ ማመን፤ ማመን። መለከታዊ እና አስገራሚ ናችሁ። ምንም ነገር ማሳካት ትችላላችሁ። ቀስ ብላችሁ አነስ አነስ ያሉ እርምጃዎች እየወሰዳችሁ ተራመዱ። ትናንሽ እርምጃዎች ሩቅ መንገድ ይወስዳሉ። ትናንሽ ውሳኔዎችም ዘላቂ እና ጽኑ መፈትሄ ናቸው። እስቲ ራሳችሁን እዩት ያላችሁን ጥንካሬ እና ውበት። ለራሳችሁ ስሜት ሐቀኛ ሁኑ።

ድንቅ ረብዕ

ተንፍሱ፣ተንፍሱ፣ ተንፍሱ በደንብ ተንፍሱ።ትንፋሽ ወደ ውስጥ ሳቡ፣ አስወጡት፣ እንደገና ሳቡ፣ በትልቁ አየሩን፣ ሳቡት ከዚያ ተንፈሱ፣ በደንብ አውጡት።። መተንፈስ ደስ ይላል።። ድገሙት።። አየርን የመሰለ ጥሩ ነገር አግኝተናልና በደንብ መተንፈስ ነው።። በምትሄዱበት ቦታ ሁሉ ሰላም እና ፍቅር ነው፣ ይጠብቃችሁል።። እግራችሁ ከሚወስዳችሁ ቦታ ሁሉ ቀድማችሁ ፍቅርን ላኩ።። እግራችሁን እመኑት፣ መቼም አይከዳችሁም።። ሕይወት ልክዋን ታውቃለች።።

ሐሙስ የቀን ቅድስ

መጥፎ አጋጣሚዎች ላይ አታተኩሩ። መሆን ያለበት ጊዜውን ጠብቆ ይሆናልና። እስከሚሆን ድረስ ራሳችሁን አታስጨንቁ። ያላችሁን ሁሉ አመስግኑ፤ አነሰም በዛም። በሕይወታችሁ ውስጥ ያሉትን ሰዎች ሁሉ አመስግኑ፤ ባል፤ ሚስት፤ ወላጆች፤ ልጆች፤ ዘመዶች፤ ጓደኞች ሁሉ እንደምትወድዋቸው ንገሯቸው። የሥራ ባልደረቦቻችሁ፤ አለቆቻችሁ፤ ጎረቤቶቻችሁ አመስግንዋቸው። የምታድንቁትን ሰው እንደምታደንቁት ንገሩት። ሁሉንም አመስግኑ፤ ልዩነትን ታዩታላችሁ።

ዘናጭ አርብ

የራሳችሁ የሆነና የምታዙበት የገቢ ምንጭ ይኑራችሁ። መጠኑ አይደለም ዋናው ሁሌ የራሴ የምትሉት ገንዘብ ብትይዙ ጥሩ ነው። ወንድ ልጅ ወይም ሴላ ሰው የእኛን ኑሮ ሊኖርልን አይገባም። ያለ አባቶቻችን፤ ወንድሞቻችን ወይም ባሎቻችን ሰው የምንሆን አይመስለንም። ነገርግን አይደለም በራሳችን መቆም እንችላለን። አያቶቼ እንኪነ፤ በእዚያን ዘመን፤ ስራ ሰርተው፤ ንብረት አፍርተው፤ ራሳቸውን እና ቤተሰቦቻቸውን በሚገባ ያስተዳድሩ ነበር። ታዲያ እናንተስ? ኖሮአችሁ በሌላ ሰው ገቢ ወይንም እጅ ላይ መውሰን የለበትም። ገንዘብ ጥሩ ነገር ነው፤ ምንም መጥፎ የለውም። ገንዘብ ለማግኘት ብዙ ብዙ መንገዶች አሉ። ስለገንዘብ ያላችሁን አስተሳሰብ ብቻ መለውጥ እና ለናንተ ተስማሚውን መንገድ መርጦ ገንዘብን እና ሃብትን መያዝ ነው። ገንዘብ ማግኘት የሰው ልጆች መብት ነው። በመሆኑም ገንዘብ ማግኘት፤ መጠቀም እናም መቆጠብ ይገባችኋል።

ውድ ቅዳሜ

ሕይወትን እመንዋት ሁል ጊዜ አለችና። ተፈጥሮ በጣም ደግ ናት፤ ትሰጣለች። ሕይወት ልኳን አታልፍም።

ምኞታችሁ ከአጽናፍ ሰማይ ይብለጥ። ሕይወት ምኞትን አትከለክልም፤ ትሰጣለች። ጸሎታችሁ ቶሎ ካልተመለሳላችሁ ችግር የለውም ታገሱ። አስችኪይ ምኞት ከሆነ፣ ምልክት መጠየቅ ይቻላል። ግን ምልክቶቹን አስተውላችሁ ጠብቁ። በእምነታችሁ ጽናታችሁ በየእለቱ ጸልዩ፣ ተመኙ።

ሴት መሆን ያኮራል። ወንድ መሆን ልዩ ነው። ሁላችንም በየዕውቀታችን እና ችሎታችን ባለሙያ ነን። የበታችነትን መቀበል የለብንም።

www.ingramcontent.com/pod-product-compliance
Lightning Source LLC
LaVergne TN
LVHW070259080526
838200LV00065B/407